九章文化中心出品

PostNine Cultural Centre

瓜丁的诗

The
Collection Of Poems
By Poet Gwagua

（典藏版）

苏州新闻出版集团
古吴轩出版社

图书在版编目（CIP）数据

瓜丁的诗 / 瓜丁著. -- 苏州 : 古吴轩出版社,
2025. 2. -- ISBN 978-7-5546-2615-3

Ⅰ. I227

中国国家版本馆CIP数据核字第2025H10G28号

策　　划：李　振
责任编辑：李　倩
责任校对：任佳佳
装帧设计：祁文军

书　　名：**瓜丁的诗**
著　　者：瓜丁
出版发行：苏州新闻出版集团
　　　　　古吴轩出版社
　　　　　地址：苏州市八达街118号苏州新闻大厦30F
　　　　　电话：0512-65233679　　　邮编：215123
出 版 人：王乐飞
印　　刷：苏州恒久印务有限公司
开　　本：787mm×1092mm　1/32
印　　张：9.875
字　　数：115千字
版　　次：2025年2月第1版
印　　次：2025年2月第1次印刷
书　　号：ISBN 978-7-5546-2615-3
定　　价：128.00元

如有印装质量问题，请与印刷厂联系。0512-65615370

从一本诗集的文化产业说起

认识瓜丁已经有十多年了。也许是注定的缘分，我们从来没有失联过，每隔一段时间，两个人总会约在一起，天南海北地扯东扯西。我一直把他当作异姓兄长，他也同样把我当作弟弟一样照顾。因此关于他的一些事情，特别是在品牌策划专长方面的一些建树，我也是了如指掌。

让我敬佩的是，近几年，他开始将平时写的一些诗进行整理，并打算结集出版《瓜丁的诗》。我有幸能先睹为快。在这些如清泉般流淌的文字中，我不仅能感受到他年轻时的青春勃发，对爱情与生活的美好期许，还能体会到浸润在他骨子里的那份浑然天成的苏州腔调。

作为一种文化浪漫，诗歌浸润在我们

的思想中、骨子里。在大部分人的心目中，诗歌即美好，即浪漫，是人们对于美好生活与精神自由极致追求的灵动体现，亦与苏式生活、江南意象高度契合。但和很多诗人不一样，瓜丁在对三十年前的青春进行再回首的同时，也以多年顶流策划人的经验和智慧对诗歌进行再解读。

他以人文商业诗人的身份，以及苏州文化品牌诗意构建者的角色，颠覆人们对于诗歌的传统认知，提升现代诗歌的商业价值与文化力量。作为他生活哲思、城市诗语、美学感悟与商业智慧的阶段性集成，《瓜丁的诗》这本诗集也被他大胆地定义为文化产品，而非作品。

围绕着这本诗集，瓜丁脑洞大开，将展开一次对文化产业的预演尝试，这亦是对苏式生活和苏州智慧的精妙呈现。他在实践中，会将诗歌内容与品牌、商业有机地衔接组合，为商业赋能，同时强化"诗和诗意来自苏州"这个核心主旨，即围绕该诗集（产品），创造性地打造诗歌商业IP，与众多的商业机构一起，打造一本诗集的文化产业链、品牌生态体系。

苏州在传统与现代的结合上做得很好。苏州，正成为人们读懂中国式现代化、读懂人文经济学的一个实践样本。在苏州，人们把生活过成了一首诗，诗意与生意、商业与艺术结合亦恰逢其时。瓜丁发挥自身与众不同的思维能力和思维模式，对文化与商业进行创意设计，展现了对诗意与生意、商业与艺术结合的独特理念与努力探索。其努力独树一帜，更好地赋能商业，或将为现代生活和诗意苏州增添不一样的色彩。

李振

现代苏州杂志社执行总编辑

2024年12月20日

墙角的蟋蟀吱了一声（代序）

诗意、苏州，现实、商业，国度、心灵。

要下笔写一份自己的出版序言，似乎比写诗更难一些，同样是展开光阴的故事，那也只能碎碎念罢了，正如"我没有害怕／我有几块泥巴"……

采诗官

还真是一幅历史画卷呢：

三千多年前，晨曦微露，周朝的大地沉浸在古朴的宁静中。

田野阡陌间，一群采诗官，甚至还有女官，这些人身着布衣，木铎轻摇，踏露而行。他们的使命，是替王朝采集展现民风民俗的诗歌，以刻刀、竹简记录整理，呈报国家。

于是，《诗经》在时间的长河里缓缓流淌，它不仅是一部诗歌总集，更是古代文明早期情感和智慧的汇总，弥足珍贵。

约五百年以后，编订者孔子发出"不学诗，无以言"的时代呼声；而对今天的读者来说只是更漫长一些。

中国能够成为诗的国度，离不开采诗官，让我们纪念和致敬这些最早的采诗官群体。我想，要是以采诗官为题材创作一部剧本，将不失为一部好剧本。

"诗城"苏州

苏州，这座温润如水的江南古城，自古以来便是文人墨客的灵感源泉；反过来，成千上万诗文的浸染亦成就了苏州"诗城"之名，如一千多年前的晚唐作品《松陵集》，皮日休和陆龟蒙以吴中地望为名，酬唱的诗篇就有六百多首。

震古烁今，诗歌等文学体现出来的原创精神，影响着一代又一代人。苏州设计师协会会长苏华说过："文学强则城市强。"我以为恰如其分。

生于斯，长于斯，文学与个性成长、文学与城市气质千丝万缕的缠绕，"诗城"苏州当之无愧。

状元、院士、梨园子弟，丝绸、园林、东方之门，麻饼、豆腐干、粽子糖……令人眼花缭乱的苏州特产不一而足，如果有一天大家把诗集当作年糕一样售卖，似乎也不违和。

笔名的由来

嘿！我是瓜丁。

有天，翻商标公告。有人在第35类申请"瓜丁"这个文字商标，以为合自己胃口，顺手拿来作笔名。

瓜丁、瓜丁，不管他是黄瓜、南瓜、冬瓜，还是西瓜、苦瓜、哈密瓜，反正是瓜类，甜也好，苦也好，酸也好，涩也好，总归在素食一族，属健康食品；况且还是瓜的丁，属于比较容易咀嚼消化的，不求大家多么喜欢他，只要能留下些许清新即可。

川人常称男孩为"瓜娃子"，除了讲他性格有点憨傻，应该还赞美他像憨憨和尚一样正直真诚，与"好人"的词义近似。很巧，本人祖籍四川，我只好自动入列，自我标榜，不仅是瓜中一分子，更是瓜中之丁。

我是瓜丁，发音清脆的一种生物。

叫我一声"瓜丁"吧，我会很感谢您。

自诩专业命名工作者，这回终于给自己占了一个满意的坐标名，感谢仓颉，感谢瓜类学家。

所以，我相信，一切美好事物的发生都应该从名称开始。

诗体的选择

无疑，先秦文学、汉乐府、魏晋文学、唐诗、宋词、元曲等中国古典韵文对自己的创作影响巨大；同时，泰戈尔、莎士比亚、波德莱尔、魏尔伦、里尔克、阿赫玛托娃、丘特切夫、雪莱、纪伯伦等国外诗人亦让我深深着迷，以至于很长一段时间我的诗作中充斥着所谓翻译腔。

中国传统诗歌以五言、七言为主，但运用现代语言创作的时候，我选择了无题自由体短句，实际上这样做比较适合涉世未深的初学者。在遇到标题作品创作的时候，我初期选择自由体的现代诗风格，不再局限于押韵之类，仅在乎抒情的自由和节奏的响应；直到后来发现西方十四行诗体适合我的表达方式，尝试采用自由十四行诗，这样既有对诗歌形式的尊崇，又兼具对自由表达的探索，在内容、体量和抒情特质上大致与唐诗宋词相当，意蕴上追求哲趣，语言上迎合语感。

虽然我丢掉了老祖宗的平平仄仄仄仄平，又忽略了西方十四行诗商籁体的规矩，但总算找到那种"带着镣铐跳舞"的创作乐趣，取得所谓整体的胜利。

由此更奢望创作出具有中国特色的十四行诗，为中国情感也赢得些许全球读者。

创作时代和背景

我的青春正值二十世纪八十年代末至九十年代初，那个时候时代精神昂扬向上。从十七岁开始诗歌创作，到二十多岁达到一个小高峰，所指的"二十一岁的天空"，就是这个时期。没有功利色彩，没有当诗人的企图心，更多的是青春的寂寞中长出的东西，为赋新词强说愁，天性使然。

我的家乡苏州赋予我太多的创作灵感，江南小巷的生活点滴，记录自己青年时期的内心成长，对友谊、爱情的感怀，用淡淡的笔墨，展现青春飞扬的力量和激情。

青春万岁，青春不是一种流逝，只是一种时间的逃离，正如"逃离了彩陶的人面鱼／我也就逃离了／愿望、生动、美和孤独"。三十多年前的旧诗稿偶然间被结集出版，可以看作是一本青春纪念册，并以此抚慰活在当下的中国青年。

青少年积极心理学

积极心理学是当下社会普遍关注的焦点，当年作为青年作者的我，似乎一直隐藏着一个敏感而怯懦的自我，诗中的许多意象与青少年心理之间存在着微妙的共鸣和例证，甚至于常常因以孤勇者自居而沾沾自喜。

"孤独者之所以孤独／因为他只能吞噬别人／而无法吞噬自己"，是遇到自我认知的困境。

"青春是奇异的时节/常常因为独自一人而快乐"，是逃避的借口。

"孤寂的心关闭着/但他是虚掩的/他太谦卑/不善邀请"，是少年"社恐"的一面。

"青春的果实虽然难以咀嚼/但让我们小心翼翼保存他的圆满"，是一种自我满足。

"傍水而居的小巷/我的童年/因着你的幽深成长为青年"，是成长的欣喜。

"青春的寂寞/是茫然若失中一种渴望的欢欣/正如黎明前黑暗里的沉默"，是等待和盼望。

"逝去的蜻蜓风筝憧憬着/在另一个季节/能否变成一只岩鹰/或者一道闪电"，是渴望飞翔。

阿德勒说过："幸福的人用童年治愈一生，不幸的人用一生治愈童年。"

知名国际家庭教育专家燕老师 Selena 也曾说："帮

助孩子找到人生意义，总是要播种信心、勇气和希望。"

　　"屋前的白云／去了一朵／又来了一朵……"，这是原诗中的积极思维；"屋前的白云／来了一朵／又去了一朵……"，同样表达孤单，这样写似乎就是消极思维。

结尾的话

　　"墙角的蟋蟀吱了一声／又不叫了"……

　　都去赚钱了？总归要有人写诗吧……我算一个。

瓜丁　作于金鸡驿9号

2024年11月18日

目录

从一本诗集的文化产业说起
墙角的蟋蟀吱了一声（代序）

献辞一：诗和诗意来自苏州

献辞二：为五十年后的读者而作

无晴

我的开始注定牵着雨季
我的忧愁在墙上霉变
在结满苍翠蛛网的眼
哪根是主宰命运的导线

甚至
你连不必也不说一声
只留下草率的笑容
让我一人怀揣两份情感
寻访于诡秘的梦途
故作从容

三月的纷纷接连八月的绵绵
抑或有数天很不错的晴朗

也仅是把偶遇的你加重剂量

嘿　若不是爱的缘故

杏花已作春雨

1987 年 7 月 27 日

潮来潮往

海沙把沉默留给自己

把欢歌笑语留给波涛

风　不会因为失去季节而哭泣

他仍有众多亲密的旅伴

山溪啊

带着你的清新流畅

注满我的心韵

朝着山下的世界一起奔去

是蓝裙上淡淡的花朵

在幻景中

浸润忧愁的色调

我恰巧读着商隐先生的诗

1987 年 8 月 20 日

注：艾米莉·狄金森（Emily Dickinson），美国女诗人，在美国诗歌史上占有重要地位。

致 Emily Dickinson

那一张面庞

是灵岩寺的井栏月

在桐树上

由于痛苦的感染

你竟患上西施的疴

繁星在那寂寥的暗处张望

张望谁呢

张望了多久

在我的思想之根还没有深植于沃土之前

它的空枝

决不强求绿叶、花朵甚至果实

幻影

我是瞳仁

是你眼睛里的眼睛

透过那莹莹泪光

折射一张幻影

1987 年初秋

那装满着春风春雨的

不是一些空瘪的口袋

而是一群渴望的眼睛

善舞的天鹅

在众多名曲的拥围下

终于被搅乱了足步

断线的珠链

树叶盯着我

脉络里流动着某种启示

一动不动的仍然是那阵微风

每一天都苍白得出奇

犹如那些竖起的手指

或者手指间的缝隙

一个故事炫耀得太久

有时想随意走走

老掉牙的太阳不很刺眼

是大家都在说的温和

总是走出很远才蓦地想起一件雨衣

和一包哲理忘记携带

你长得高些我长得矮些

但距离那颗平淡而美丽的星

我们都是同样的遥远

虽然我不相信的炮声

曾在彩云间轰隆隆地滚过闪电

我去追逐光明　黑影追逐着我

但我始终不能明白

光明是否也跟踪着影子

真理被摔碎了一角

站在最前瑟瑟发抖

我说没有关系　用黄金补上即可

你终于使我相信

珍珠和破碎的生命

还在冥想中捉弄从前那些

奇异的关联

1987 年 8 月 25 日

彗星不是光明的叛逆

它只是以不寻常的轨迹追逐太阳

你就是清风

漫步在花簇和群叶之间

以你的热忱

替这片苍老的土地

播种天真

花开了

不知道哪朵花落了

花落了

不知道哪朵花又开了

我的一生从未在你的四季数尽缤纷

旷野之城

在路灯的尽头

光和影的边缘

蛙声聒噪

恍若另一场春天

我把自己坚定在城市的内心

品尝虚空中黑色之月

这肥硕的清新

和腐朽的美人

哪天有幸睁开眼

用光明喂养疲倦的影子

如果我能摸索到一把潮湿的杂草

我一定把她抱在怀中

当作多愁的爱人

我还要为她

撕碎沉寂

击穿流云

再抢劫霓虹

我热爱一切必先怀疑一切

正如坦荡的楼群

时时藏着戒备的灯火

1987 年 10 月 23 日

有所侧重时

便有了爱

仙人掌想到

美不在于花朵

于是他终日将利刃似的叶刺举得很高

瓜丁的詩 guagua

单调是钟摆的歌声

那正是应和时间无聊的节奏

凡世的一日

二十年来

我一直读着这样一幅名画

骑车人、行人、红壳或蓝壳甲虫

楼房、街道、树林总是静止布景

是谁在地下操纵着无聊的木偶线

梧桐　这无限的碧绿之竖琴

怎堪指尖将它弹拨

瞧　在每一寸阳光的沃土中

手臂恐慌地向上生长

难以企及的是

乌鸦的眼神

矗立着站牌这面永远的旗帜

川流不息的等待其实无奈

然后　铜摆和头颅们

在这座城市的中央开始做白日梦

又在时间的栅栏里

倏忽如烟

1988 年 2 月 10 日

居于江河之下

大海歌唱着

站在高山之巅

小潭却寂寞了

别在古朴的陶缸里寻求回声

因为一时的嘹亮并不能长存你歌喉的新鲜

近的叫作月亮

远的叫作星星

风景（一）

四月里的一夜，

像把破犁，

锄云成雨，

从窗头飘向心头，

在疏影横斜的想象里，

诱捕什么？蝇类、花信子、忧愁？

不，远不止这些。

曲肱仰啸中，

我变得如此久远了吗？

回到羽扇纶巾的汉朝，

我遇到倦色葱茏的你。

1989 年 4 月 18 日

风景（二）

五月来了，托着潮红的面孔，

挟着一些不知名的香气，

匆匆于一个季节的行云浮梦，

在流水中，映出慵懒的倦意；

常春藤和石榴花在窗口簇挤，

临河的巷子越来越瘦长了，

云儿、脸儿，这自然的小谜语，

你舍得偷偷去猜破她们吗？

1989 年 5 月 4 日

风景（三）

一帘明月恍若幽梦，
俯向野树投下她的青光，
扬起的无限爱恋，
夹着许多莫名忧伤；
所有的星星羞怯地躲远，
我却勇敢地靠在她胸前，
不要管她心中的向往，
只要显出我即时的暗淡。

1989 年 5 月 24 日

风景（四）

是灯塔

是旷古的光明

是守夜人

是倔强的烟斗

在巨浪的峰巅

在僻远的海域

谁使我

漂泊　如朽木

1989 年 11 月 18 日

瓜丁的詩 guagua

傍水而居的小巷
我的童年
因着你的幽深成长为青年

——瓜丁（苏州）

《空巷》吴齐 / 摄

儿时

常常的

我靠在门框上　等待

那时

桐油是新新的　我很小

爸爸出远门了　哥哥也要上学

但我没有害怕　我有几块泥巴

屋前的白云　去了一朵　又来了一朵

墙角的蟋蟀吱了一声　又不叫了

我捏了一个比我还小的孩子　很凶

又狠狠地摔在石阶上　却有些可怜

雨天的时候

树叶儿跟着落下来

我张开两只小手　数数

洼地涨满了

我的纸船空空地出航

常常的

我坐在门槛上　累了

这时

天空和我的新裤子都是黑黑的

哥哥回家了　他的书包里装着什么

1989 年 7 月 9 日

悄悄地

我藏身作一尊突兀的暗礁

为了让你的歌声流经时能够激起一片喧哗

我的心

被自酿的蜜充满

那是爱情之泪的结晶

月亮在爱人的眼睛里寻找掩护

委屈时　是没有桅杆的孤舟

惬意时　是饱满鲜亮的果实

还有什么值得我去歌唱

从城东到城西

我跨上秒针飘来荡去

憨厚而朴实

罩着蜣螂的面具

为了什么

彩虹般弯曲的时间里

每株植物只求小小一抔土

至于爱情

这种备受迷惑的声音

虽然嘹亮也难逃暗哑落魄的命运

我要奔出虚妄情泪的耀目光环

锈迹斑斑的黄金之弦令人厌倦

一天的太阳就这样灿烂地陨落了
仿佛英雄中剑后无憾的笑容

一轮明月傲然升起
这幻想的小舟
不是自甘沉没就是将被孤独所俘
我不知道还有什么值得我去歌唱
或者佳人
或者良友

1989 年 7 月 25 日

你的泪水正是梦寐的海洋

不是等待征服

就是我将没入其中自甘迷航

田野把风从墙的桎梏中解放出来
那时声音、香味和光泽便从草丛里接踵而来

瓜丁的诗 guagua

真理之所以完美

是因为他敢于承认自己的局限

街景

繁华似锦的街上

铃声们也喧嚷不休

我装扮成一枝雏菊

谨以苍白

独占鳌头

惯于沉默的花瓣

常常被霜露所覆盖

关于流言

鄙视还是畏惧

伤痕难免

沿着深色楼群张望

蓝天有一道伤口

秋末

我的少年

果实一般闪现

哦

不在梦中

他在雨中

1989 年 8 月 21 日

旅人所盼望的不是道路尽头的木屋

而是路的前方仍有条路

风是森林的语言

是一些用我们的生命也无法奏响的芬芳的音符

绿色的萤火

承担着作巢的信念

九月印象

一棵美丽的梧桐

生在南方任性得宠

爱在多雨的初秋

朝向天空

她鄙视骄阳

对云彩也不屑一顾

把眼泪挂在枝头

不擅长掩藏孤独

只身荒郊

向往远方

有时　她又

伸出奇怪的枝条

仿佛幸福地祈求

又像刚刚忍住忧伤

1989 年 9 月 10 日

浪涛对着高山夸口

我就是崛起

诗城苏州

铜罗 秋岩／书

洞庭西山昆友招饮

吟情不自堪，
买醉笑人憨；
待我湖边卧，
青峰七十三。

沧浪诗社　张乃荣

瓜丁的詩 guagua

时间之爪

在一间空房

时间的利爪　所向披靡

历史变得清晰

我想起古代的农夫

扛着铮亮的农具

裤腿挽到膝盖上

树林挨着灌木丛生长

牲口唱起不谱曲的歌

而如今　阳光和星光

灰蒙蒙地碎成窃窃私语

在现代装饰画中寻找寓意

那绝不是收割后的清秋

1989 年 9 月 21 日

在微风和细雨的间隙

欢欣的树叶微嘘着

这一天的舞蹈跳得真累

伤心的人

不要因为天色晦暗

去责怪乌鸦是黑的

生活是明快的

因为它竟没有让我短暂的生命嫉恨它的丰盈

我不愿侥幸地变成一只飞鸟

何时我不幸迷失了方向
在你雾海一般的眼睛里
来自深渊超自然的磁力
再次使命途未卜　但是

我不愿侥幸地变成一只飞鸟
只在你褐色的发际上盘绕
歌唱波浪　也歌唱黑色礁石
此生注定要永远感觉风暴

偏好遥远未知世界的翅翼
耽爱不可亲近的奇妙景色
妄想借你的光辉使生命不朽

如果　悬崖颓废又倾圮了

但古老的太阳星辰还存在

我可爱的影子就不会破损

1989 年 10 月 12 日

花与草的差异不在于创造时的偏好

在于人微言轻的赞词

瓜丁的詩 gwagua

不相识的读者

我们邂逅于相识的文字

为隔世的相爱合掌庆幸

灵感不是偶然飘起的花瓣
而是思想紧张时隆起的肌肉

秒的距离

只要奏出两三个音符
即可知旋律充满痛楚
那么　体验寂寞的日子
也不必等到生命结束

你问　一秒钟有多长
这是亘古不衰的题目
快乐的人容易疏忽
期待时却视若畏途

就像一列无轨的货车
梦里染着朝霞向前
醒来又将沉入日暮

沿着深邃的时间之线

为什么我们不堪重负

除了相爱　别无他物

1989 年 10 月 21 日

文字之舟载不动我的思想而搁浅

它在寻思新的技巧

不安的波涛遇见不安的心

惊讶之后便趋于平静

油画《周庄雪》贺文斌/绘

不眠

趁我还未

困倦得合上双眼

细细怀想以前

那颠沛的流年

每根神经都涂满欢颜

迷人坚韧的失眠　世所罕见

我常遇到晨归的牧人

神情安详

某次　我误闯一所宫殿

墙上刻满爱的咒语和誓言

难以忍受　我只身逃回

从此被幻想豢养长大

天黑了

用来治愈与生俱来的不眠

1989 年 11 月 24 日

情人的问题等待的

不是自己的答案

而是他人的誓言

藤蔓恰如所爱

一边来不及生长

一边来不及枯萎

猫

扔一些残羹剩饭

她不计较

丢几句冷言冷语

她眯眼听

嗜腥的前辈　角落之王

胃口强健

谁将这一身锦绣温柔地安抚

踱过门槛从不在墙洞里踟蹰

黑夜的叛逆　变幻之源

蜷缩着比贵妇人更加持重

无知　沉默　迷离

子夜来临

院墙仿佛世界之巅

妙呜妙呜妙呜

妙到极处

是一生的孤独

1990 年 1 月 23 日

黄昏时分

当街市的喧嚷刚刚静止

初夜的星火还未闪现

遥望无垠的碧天

突然觉得

偌大的世界变得如此渺小

小如一颗湿润的泪珠

温暖而无法滚动

是石榴的心

不是木偶的眼睛

竟使你密匝匝爱的种子怦然作响

瓜丁的詩 guagua

《画室外的冲山静物》 邓舒方／摄

眠月惺忪

竟把地上的灯盏当作自己的孩子呢

爱情是一副锁链

爱情是一副锁链
两人各执掌一半
其中一端面朝阳光
另外一人享受黑暗

爱情是一副锁链
从古至今不计长短
喧哗时假作饰品
沉默中罗织梦幻

爱情是一副锁链
欢乐是脆弱的一环
痛苦才是真的连线

爱情是一副锁链

你一生都无法去远

锈蚀生命直到完全

1990 年 2 月 2 日

Love is a pair of chains

Two holding halves

With one facing the sunshine

and the other enjoying the shadow

一些时光

被困在

隐秘的廊

十年　二十年　三十年

然后

松绑

花香是什么

是忧郁暂时遗忘的记忆

烛火有满屋的光明

黑夜则有满天的光明

伤鹤

这个世道

谁都羡慕翅膀

羡慕蓝天　像风　像云　像光

听　在不稳定的时间里

渴望已久的哨音从天而降

而我　绝无仅有的放逐者

要把一对有力的工具搁置

被人嘲弄或者失信　还有懈怠

于芦苇丛中忙于寻食

一如流浪的游子

得不到温柔

暗自打发青春

哦　忘却的风向

依稀有夕阳的美景

无悔的嗥叫

天际微明处的回响

恰如一片落叶辉煌地消亡

1990 年 2 月 2 日

孤独者之所以孤独

因为他只能吞噬别人

而无法吞噬自己

瓜丁的诗 guagua

在"无"的空虚里

"有"轻唤着：我在这里呢

多情的雨点
莫以为降落尘世是一件幸事
虽然人间富贵　爱情常有
但你如何躲过众多的浊流呢

忧郁是心灵之上的青苔

是我们的想象

无法抵达的空间

拒绝远望

在清澈的屋顶

以啾声告之晴雨

却有人在低处嘲笑

你那精致的巢居

因往事成堆而渐成危垒

『嘿！有舵者，快亮出你闲置的双翼，

多么锋利啊，竟能让烟云流血，

相信季风，相信没有道路的天空！』

1990 年 5 月 27 日

注：SWALLOW 意为燕子。

SWALLOW，你是否将独自飞行

你的弧线

是随意的情绪

是鸟类中最为优美的一种

黑色的雨点

仅此一颗

只有一颗

乌金似的星星

绅士

易于亲近的小贵族

喜爱闲谈

只在空中散步

在不经意的时候

朋友

请把我小小的弱点

当作珍贵的礼物还赠给我

径直走吧

散着清香的草丛自会掩映沉重的足印

镜中之我和现实之我偶然遭遇

相互惊讶地喊道：你是谁呀

去，找一个人倾诉

那条被歌唱过的雨巷

多少年走不出彷徨

丁香之愁仍在

窗外的浮云

匆忙

走过的人们　面若冰霜

在这样的冬季

梦想

常被冷落

真话只为惧怕成谎

如果你未曾爱过

去，找一个人倾诉

1990 年 6 月 22 日

《霞光之门》丁源/摄

烟幕

不

这不是清丽的早晨

转过身时

背对暮霭

一把把聋哑的空椅

同祖父的铜管烟嘴

我到访仙境

在迷雾中

在人群中

给我

爱带红绒帽的爱人

短暂的兴奋

和稚气十足的惊喜

直到跌在谷堆之上

烽烟再起

眼泪和雨

蓝色将尽　苦涩将尽

我恨不似永恒　总留下一截烟蒂

最终得亲手将焦黄的秘密

埋进回忆

1990 年 10 月 27 日

夕阳是一只远逝的飞鸟

是"无限"背景上一次巨大的回响

相爱时　我们跨越时间向前去
仇恨时　时间践踏我们走过去

单字雁

某个夏季

传说亦是善睐明眸

流泉的娇态

如同命途的交错

你这样的好景

青春年华何必流走

向湖顶扔颗顽石

所有涟漪朝前运动

冒险　刻不容缓

草须和灌木伸入冷漠之地

泥石流何时下凡

打开虚掩的心

当秘密不堪一击

报以粲然一笑

而剩得

探询的前额如故

记忆如瀑

遗忘如岸

哦　嗜好翱翔者

快活无比的云子

你竟也同样傲视云端

这无穷的空白

可有朝霞的血痕

布满秋日的尘埃

1990 年 11 月 9 日入川途中

道德家替世俗之地制定的清规戒律

诗人常唆使人们在一夜之间将它们破坏殆尽

人生是一场香茗的聚会

当茶味渐淡的时候

各自择路而归

茶叶盒 / 明源设计

瓜丁的詩 guagua

"你话匣的牙齿，是一行整齐的诗。"

这是一个好友的话。

"你的来信是永远没有尾声的长篇。"

这是一个情人的话。

今夜，有一座孤单的城市

沿着翡翠的音乐街航行

黑暗像破旗一样

动荡　徘徊　起伏不定

在高峰浪谷颠簸

暗尝欢乐

也许倦了吧

惶恐的孩子

请收痕敛迹

寂静如同疼痛

悄然泊入都市深处

梦惨淡得使人羞于昂起颈项

然而不甘寂寞的音符

沉渣泛起

蜉蝣的爱情故事

挤在同一条线缝里挣扎喘息

寒夜重来

这座受尽嘲弄的古城

宁愿背负残缺的蛙鸣

让单调清脆的铃声彻夜不醒

1990 年 12 月 5 日

瓜丁的诗 guagua

万物的性格正如人的性格

惯于沉默的暗送清香

长于动作的传播欢乐

逝去的蜻蜓风筝憧憬着

在另一个季节

能否变成一只岩鹰

或者一道闪电

往日的歌声萦绕着我

欲曙的光线藏踞在远方的巢垒

久久地不肯释放出来

除了小桥

除了小桥

还有些什么风物

在我幽深的回忆里

那是什么表情

长满了花环似的荇草

在水中央招摇

在月光里荡漾

还有深巷

巷底的残杏如画

风景依旧

我拖回童年的影子

如清风夕阳踏莎而归

归去

我会寻觅一条蛱蝶之路

梦中的海涛

源自何方

仅有安谧

远远不够

1991 年 12 月 31 日

得到爱情的时候，那是生活；

得不到爱情的时候，那便是诗。

傍水而居的小巷

我的童年

因着你的幽深成长为青年

歌颂长发

我蜿蜒的手的背后
散落着星雨似的村庄
金色的秋景或者春光
任你选择亲切的季候

来，挽住山瀑的激流
穿梭漆黑不可知的模样
随玄妙森林的风惊扬
掩住笑容再嫣然低首

呀，你可是神秘黑夜的混合
那里藏着蜂蜜、稻香、果味
太阳的暗香和松樟的滋味

一旦你落下巨幅的暮色

忽然我感到苍茫的忧累

被你轻拂着安然地入睡

1992 年 4 月 24 日

瓜丁的诗 guagua

歌颂长发

我蜕皱的手的背后

散落着星雨似的村庄

金色的秋景或者春光

任你选择亲切的季候

来，揽住山瀑的激流

穿梭漆黑不可知的模样

随玄妙森林的风恬恬

掩住哭容再煽起做首

呀，你可是神秘黑夜的混合

那里藏着蜂蜜、稻香、果味

太阳的暗香和松樟的滋味

一旦你落下巨幅的暮色

忽然我感到苍茫的尤累

被你亲抚着安然地入睡

1992年4月24日

微尘里没有叶笛

它仍有小屋里传来的温暖的讯息

青春是奇异的时节

常常因为独自一人而快乐

对那些以回忆为生的少女

你不必带着怜爱去打搅

她们自会在玫瑰色的梦里哭出声来

想娶一个弹古筝的姑娘为妻

最好是初夏的长阶

凉彻如水

最好是月朗星疏

只有你的清辉

悄悄把十二道珠帘垂落

掌心上夜色妩媚

青丝深掩

宛若幽篁里的苍翠

可是

我不知该依躺在哪个角落

裂锦断帛

落下黑飕飕的云堆

云堆

我已攀爬不过

乱红飞渡

恰是雕梁画栋仰止

帘雨初断

难道青烟难去

要将风声雨声辜负

唯有伪善之徒

禁不住叫喊

来做我的妻吧

爱好拯救之主

将我的忧愁和着颤抖轻拢慢捻

1992 年 8 月 2 日

圣洁是带着面纱的

等待着被真正的爱情揭开

被撞击后的浪花

在半空中对太阳报之一笑：

我也是你的宝贝

《小名桃子》张世君/摄

肖像

不错

在世人和世情面前

我像一面铜镜

是多么驯良

善解人意

微带些迷惘

又像一块冰

闪出寒光

常以为可以做尽天下文章

循着长城去流浪

御风驾雨

谁要

做枉然少年

一千里　一万里　我只要侠肠

而在孤军奋战的爱情深涧

怯懦

从未超越过你的高尚

像一些诗人

自作多情

却从不专注

空虚又放荡

要你这样的朋友　你说

不要你这样的爱人　你接着说

1992 年 9 月 3 日

假如分离是爱的欢乐

那让我做思念里一缕瘦弱的烛火

我的爱人

你是梦境的缔造者

我是越境而过的难民

衣衫褴褛

告诉我

告诉我吧　你迷眼中的秘密

那深潭下的顽石何以安稳

谁愿意一掠而过呢

给我一份

你早知道秋意渐浓

寒意渐起

你铭刻在美的事物上的印记

阳光　月色　草地

如针细语

远不如你无意间留下的指痕

允许我从这裂缝中涌露感激

可仅仅是一些感激

似乎不够

我是什么呢

在时间的远景上

是否将逝如一缕温情的回想

告诉我吧　你的枝头

已承担不住落叶的体重

我徘徊着

听任脚底窸窣作响

1992 年 11 月 6 日

黑夜是一支别离的洞箫

那些沉淀的音符

拥挤在廊屋的圆窗前

等候天明

未泯的童心

从成熟的智慧中脱颖而出

它将创造一个新的事物

爱情本身并不美丽

而它的比喻却楚楚动人

瓜丁的詩 gwagua

诗，是一种礼遇

只要你走进我的诗句

沿路有优美的华章

你是月夜下无须修饰的比喻

面对你

做个诗人相当容易

能不能凭着关怀去倾听

韵脚们却是犹豫

但是请别惧怕赞美

沮丧都来源于迟疑

可怜渐渐无力的笔画

忽明忽暗

再为你献上一阕诗篇

1992 年 12 月 6 日

青春的寂寞

是茫然若失中一种渴望的欢欣

正如黎明前黑暗里的沉默

孤寂的心关闭着

但他是虚掩的

他太谦卑

不善邀请

彩墨画《轩的假山》郝轩（九岁）绘

很容易再爱　不容易再忘

不知道昨夜怎样地入睡

忘了在梦中遇到谁

不要说

已经爱过

值得

或者不值得

清晨依然冷

嘴唇有些苦味

不要说

已经恨过

所谓

或者无所谓

你说分手未出意料
你的目光从未含过笑

不要紧
我一再强调
因为
很容易再爱
不容易再忘
直到某天
又从诗歌中
醒来

1993 年 1 月 23 日

瓜了的詩 gwagua

当现实须得变成一只船的时候

那么回忆之海便过于辽阔了

花儿

你最初的日子在于奔放

最后的季节在于凝结成力量

午后时分是闲适的

像松开缆绳的帆船

在街心的四周荡漾开来

草叶是要去的背影

桃花是要来的面庞

我爱体会一切向下垂落的事物

我爱体会
一切向下垂落的事物
因为不堪重负

就像那雨
无论丝丝入扣
还是倾盆而下
都将繁华浮世笼住
一只雨鸟
仅为简简单单的归巢
用俯冲的翅膀
划出一道弧
鸟巢的树呀
因为果子成熟

谦卑地向大地垂伏

而这一切都无法匹敌

你的回眸

千种风情

不过是一颗石头投掷的心

1993 年 2 月 7 日

这个世界不是变小了

而是变大了

大得无法容纳

无以计数的渺小的万物

赵敏棋

色彩画《赶飞机》赵敏棋（六岁）绘

不善辞令的　以平易的诗歌敬献世人
那做诗人的　却终日替诗的定义担忧

回忆和幻想是一对触角

它们同时指引生命奋力向前

瓜丁的诗 guagua

嘘，小城

这座水汽浓重的小城
因为出生在护城河边
所以我才亲切地称呼你为故乡
从此　我的离弦之地就叫作蓟门

而亲爱的你
愿意上前来传诵我的歌谣吗

1994 年 12 月 8 日

车轮承载他的货物

道路承载他的印辙

这是一座水的城市

有着水的呼吸

水的血肉和水的骨骼

我是鱼

关于秋天

喂　你是谁

气色如常的行者

是那个名叫卫耕的邻家伙伴

还是要在若干年后才能结识的某个好友

但不管是谁

我知道你将挣脱了梦而走

之后

一定会整夜地下雨

而我又正好

小心地赤脚走进这一年的秋天

这样的秋天呀　令我无法再拒绝细雨

誓把每种潮湿的眼神当作乌云

因为我要把乌云编成牢笼

把我的少年滋味集于其中

当候鸟归来

会是二十年后的春天吗

1995 年 4 月 27 日

青春的果实虽然难以咀嚼

但让我们小心翼翼保存他的圆满

天空泻满梧桐的倒影

大海绽放喧哗的星群

站在"遥远"的中间

我愉快得手足无措

瓜丁的詩 guagua

致未来的某个孩子

将来　会有一个明亮的孩子

长到渴望抒情的年纪

在一间开着窗的房间

来回奔跑

突然　掉落一册单薄的诗集

他细嫩的小手拾起

随便翻翻

那落着灰尘的文字

让他着迷

1995 年 7 月 20 日

沿着蜜蜂的道路

我要去寻找芳香

我大笑着把困难掂量掂量

于是　困难也跟着大笑起来

时间渐渐老了

他是倔强的

听任天地苍黄

耳饰

攀援耳垂的

向日葵

在伊芙的笑脸上

徜徉

左边

有左边的金黄

右边的

也不见得枯萎

互不相近

却能够相互倾情

借问花君

究竟左摇还是右摆

1996 年 3 月 16 日

雨桐　这是一个很小很小的女孩
她的襁褓是黄土高坡的沟壑
她的思念远在小桥流水的江南

世界在创造时附生的忧郁

我们悄悄把它当作爱的馈赠接受了

彩刮画《孔雀城堡》宋弢勇（九岁）/绘

逃离彩陶的人面鱼

来吧

我们坐在

一个叫半坡的坡上

作一次意味深长的谈话

仅此而已吧

我想起五千年前的繁星

美丽且孤寂

从属流水的良善之辈

在后世

被爱好历史的人们称为彩陶

由于空虚引发的相关图腾

付与真理坚强的四鳍

和俊美异常的大眼睛

直到 1992 年 9 月 12 日

那个晴热的午后

你青春摇荡的胸前

也把我晕眩过十数次

而今　逃离了彩陶的人面鱼

我也就逃离了

愿望、生动、美和孤独

在一切关于水的境遇中

我爱你

我能够爱你

仅此而已吧

1996 年 6 月 18 日

我想起未来苍茫的一幕

一个百岁孩子终于在垂老之年做完了童年的游戏

又禁不住大哭起来

我们的心房太小

竟容不下一次赞叹

瓜丁的诗 guagua

山的朝阳

峰的夕阳

值得忘记七十二棵樟树

彼此静穆啊

当他的茶事成为小院的事

太湖有峰 太湖有浩荡

2012年8月10日作于植园

注：太湖，中国第三大淡水湖，以七十二座山峰著称，被称为『苏州的海』。

太湖有峰

说的是一个农夫

大老远 都喊他水生

从田野到阡陌

有此峰或那峰

趁着日头尚早

他有七十二条归家的路

飞鸟倾泻

生于迷惘

有这样的雪夜

在围炉以外

在夜话以外

我们成就了爱情纷纷

世界呀

不要因为渺小把我的爱搁置一旁

我是真实　是岩石的真实

路的前方仍有条路（代跋）

前不久，一位企业家朋友给我发消息提到这首小诗："旅人所盼望的不是道路尽头的木屋／而是路的前方仍有条路"。他说读到这两行诗句，映照当下的自己竟然有些凝噎，连称对未来还是要保持信念、满怀希望，末了还再三称谢。

其实吧，人生苦短，长路迢迢……

哪有什么人孤身前行，都是众人共同在承担，或幸福，或沮丧，或欣喜，或感伤，或忍耐，或盼望；大道理懂得多，小道理明白得少，个中滋味不一而足，好在诗篇不是阅后即焚，最终得以感谢收尾。

就拿自己这本诗集来说，如果没有早

年间同事石明洁女士整理留存的打印稿，已经基本泛黄了的那种，这部青春诗集早就不复存在；在此也感谢我的老同事尤东强先生、周维明先生、徐侃先生、李向阳先生、赵晓华先生、郑易涤女士、顾茵女士、周建萍女士，是他们给予我职业生涯中团结友爱的美好回忆。

感谢魏紫千女士、李增辉先生，没有他们的辛勤付出和热切鼓励，《瓜丁的诗》难以问世。

感谢老同学宋成民先生、郎建华先生，陪伴过"青少版"的瓜丁。

感谢美学导师郑启洪、季洪芳伉俪。

感谢同桌张乃荣先生、王建新先生、沈建康先生、丁源先生、王齐先生。

感谢许恩杯先生、陈猛先生，感谢杜希飞先生、赵刚先生、谢纲先生、云白女士。

感谢张雪芳女士、张世君女士、陆兵兵女士、周卫明先生。

感谢倍磅康复孙卫唯、张珍伉俪。

感谢钟表匠田亮先生。

感谢青年心理学家莫凡老师。

感谢过云楼龚晓峰、朱门西施伉俪。

感谢赞助人姚国仁先生、施宛伽女士。

感谢设计师郝才坤先生。

感谢创意人曹玥先生。

感谢事业伙伴朱玉春先生。

感谢张凯先生、蒙柳燕女士。

感谢吴向成、雷蕾伉俪，徐海涛先生。

感谢方泉、叶转春伉俪。

感谢同事朱海泉先生、吴齐先生、戈皆女士。

最后感谢我的家人，在未来的日子里我们共同度过。

"不相识的读者／我们邂逅于相识的文字／为隔世的相爱合掌庆幸"，我相信这是一部令人振奋的诗集，为青春啜泣，每次找回出发前那个五平方米的活泼泼地。

再次叩谢！

瓜丁　写于站站停的苏州1号线地铁

2024年12月8日